ÉPITRE

A MONSEIGNEUR

LE DUC D'AUMONT,

PAIR DE FRANCE, PREMIER GENTILHOMME DE LA CHAMBRE DU
ROI, LIEUTENANT-GÉNÉRAL DE SES ARMÉES, GOUVERNEUR
DE LA 8.ᵉ DIVISION MILITAIRE, PRÉSIDENT DE LA SOCIÉTÉ
DES AMIS DES ARTS, etc., etc., etc.;

DÉDIÉE

A Mademoiselle Noémi de MARGUERITTES,

PAR UN INVALIDE,

Le jour de SAINT-LOUIS [25 Août 1820.]

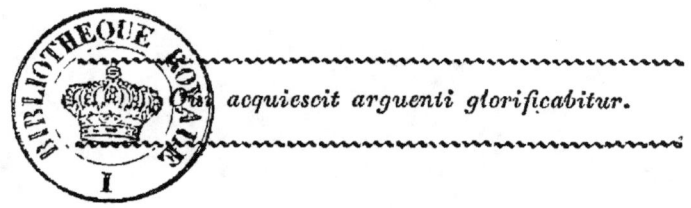

acquiescit arguenti glorificabitur.

PARIS,

IMPRIMERIE DE SÉTIER.

1820.

A MADEMOISELLE

Noémi DE MARGUERITTES.

MADEMOISELLE,

Vous serez sans doute étonnée de la liberté que je prends de vous dédier cette Epître qui est spécialement consacrée à rappeler des faits tels qu'on pourrait les croire étrangers à votre sexe et au-dessus des conceptions de votre âge. Pourtant, chaque jour on voit se développer en vous le germe de mille qualités précieuses; on vous voit gémir aux accens du malheur et tressaillir au récit d'une bonne action ; votre jeune âme ouverte aux impulsions de la vertu, paraît avide de ses exemples, et s'épanouit à l'espoir de les imiter. Après les honorables auteurs de vos jours, qui mieux que MONSEIGNEUR LE DUC D'AUMONT *peut vous tracer la route que*

vous brûlez de suivre ! Je n'exprime dans
mes faibles vers qu'une seule de ses per-
fections, celle d'un loyal Chevalier : chaque
instant peut vous donner une idée de l'in-
suffisance de mes louanges, vous trouverez
cette preuve dans les conseils qu'il vous
donne et dans les principes qui le carac-
térisent. Ce n'est donc point la lecture de
cette Epître qui vous est essentielle, elle
ne vous indiquerait autre chose que le nom
d'un mentor digne de former votre cœur
aux vertus paisibles que vous devez chérir ;
mais c'est surtout dans la conduite privée
et dans les avis de ce digne modèle qu'il
vous est permis de puiser des exemples
salutaires.

Agréez, je vous prie,

MADEMOISELLE,

L'hommage de mon respect et de
mon dévoûment absolu,

Votre très-humble serviteur.

UN INVALIDE.

A MONSEIGNEUR

LE DUC D'AUMONT.

ÉPITRE.

Je cédais aux penchans de l'humaine faiblesse :
Coulant de tristes jours au sein de la mollesse,
Éprouvant de l'amour quelques feintes rigueurs,
J'abandonnais mon âme à de fades langueurs.
Près d'un lit de repos ma lyre suspendue,
Des guerriers troubadours n'était plus entendue;
L'amour seul m'inspirait des vœux irrésolus;
J'éprouvais ses tourmens, et je ne chantais plus.
   D'où vient qu'en ce moment, le dieu de l'harmonie,
Réveillant les transports de mon faible génie,
Déchire sur mon front le bandeau de l'erreur,
Et ranime en mes sens une sainte fureur !
Serait-ce pour chanter ses bienfaits et sa gloire?
Sans craindre le courroux des filles de mémoire,

Irai-je avec orgueil, brûlant un pur encens,
Sur la cime sacrée emprunter leurs accens ?...
Là, plus heureux cent fois, m'a devancé Pindare,
Je mesure l'espace et crains le sort d'Icare.
Irai-je donc plutôt, bercé d'un fol espoir,
Poursuivant la fortune, et flattant le pouvoir,
Mandier les bienfaits d'un ministre superbe ?
Ou, Zoïle nouveau, d'une férule acerbe
Frapper l'homme de bien sous l'intrigue abattu ?
Ou, pour plaire à la brigue, outrager la vertu ?
Dois-je enfin, d'un parti protégeant la licence,
En flattant ses desseins blesser ma conscience ?...
Loin de moi, dieu des vers ! ces indignes projets ;
Du Souverain des Francs, les fidèles sujets,
Après tant de travaux, que l'univers contemple,
A la postérité doivent un autre exemple.

Que les mortels auteurs de nos divisions,
Respirent le carnage et les dissentions ;
Qu'ils abusent du droit qu'un vain peuple confie.
Que, sous le nom sacré de la philosophie,
De vils ambitieux encensent tour-à-tour
Les autels de Plutus et l'idole du jour.
Que d'autres, regrettant une injuste puissance,
Fixant les temps passés respirent la vengeance,
Et que tous, à l'envi, signalent leur excès.....
La France les repousse, ils ne sont plus Français,
Bien loin de partager leur coupable délire,
Pour chanter la vertu je ressaisis ma lyre :
A des hauts faits nombreux, à des bienfaits divers,
A la fidélité je consacre mes vers !

D'Aumont ! en ce beau jour où l'amitié s'apprête
A couronner ton front, à célébrer ta fête,
Permets à mes accens un essor généreux.
Ne crains pas qu'abusant de ces détours nombreux,
Dont l'adroit courtisan cache l'affeterie,
Je veuille à mes discours mêler la flatterie :
Ce langage pervers, redoutable poison
Distilé dans les cœurs nés pour la trahison ;
Ce recours vénéneux contre l'orgueil farouche,
Ne peut t'être adressé, ni sortir de ma bouche.
Ma muse délicate en sa paisible ardeur,
Sans parure, sans fard, conserve sa pudeur ;
Aimant la vérité, redoutant l'esclavage,
Elle hait les détours et ce honteux servage
Dont l'ambition seule ourdit l'affreux lien ;
Elle chérit la paix. Sa franchise est son bien.
Daigne donc lui sourire, et que ton indulgence
Voile de ses atours l'orgueilleuse indigence.
   Je ne parlerai point de ces jours fortunés,
Où des fleurs du printemps, tes amours couronnés
Souriaient aux amours qui jouaient sur tes traces,
Où, comblant tes souhaits, la Fortune et les Graces
Te présageaient encore un heureux avenir ;
Ils sont par fois amers les fruits du souvenir !....
Par les maux du présent, leurs couleurs effacées
N'offrent que des regrets aux âmes oppressées !
Cependant le bonheur devançait tes desirs
A longs traits savourant la coupe des plaisirs,
Et fuyant des excès l'atteinte dangereuse,
Près des infortunés, ton âme généreuse

S'abandonnait encore aux charmes séduisans

Que donne la richesse à des cœurs bienfaisans.

Sacrifiant aux arts, au tendre dieu de Gnide,

Tu semblais arrêter du temps le vol rapide;

Et dans l'art des héros formant ton jeune cœur,

Rêvant des jours de gloire, ardent, tout à l'honneur,

Déjà prêt à voler au milieu des alarmes,

Tu gémissais tout bas du repos de tes armes (1).

 Tout-à-coup le poignard des révolutions

Arme le fanatisme et les séditions;

La France retentit des cris de la vengeance;

On s'apprête à frapper une auguste puissance;

Vers d'antiques palais, des hordes d'assassins

Suivant aveuglément de criminels desseins,

Divisent les soutiens d'une illustre couronne,

Et la mort vient siéger sur les marches du trône (2).

. . . .

. . . .

Il n'était plus, ce Roi, cet époux vertueux,

Ce père aimant, chéri d'enfans affectueux;

Le crime s'abreuvait du sang de l'innocence.

La France, sur son sort gémissant en silence,

De ses voiles de deuil venait de se vêtir;

Le Très-Haut dans le ciel accueillait un martyr.

Mais, hélas! le dirai-je, et pourra-t-on le croire!

O jours de crime! ô jours d'effroyable mémoire!

Les bourreaux enhardis n'étaient point satisfaits:

Leur haine est implacable et veut d'autres forfaits;

Ton épouse, ô Louis! te suivra dans la tombe,

Sous les coups du pervers cette reine succombe.

Ton fils, dans les horreurs d'une affreuse prison,
S'unit à vos malheurs, et le fatal poison,
Prolongeant les tourmens d'une longue agonie,
En déchirant ses flancs charme l'œil de l'impie.

Que faisais-tu, D'AUMONT, dans ces cruels momens?
Fidèle à tes drapeaux, fidèle à tes sermens,
Tu combattais alors sous ces illustres Princes (3)
Qui voulaient à LOUIS conserver nos provinces.
Le sort avait trahi ton généreux espoir;
Tu gémis et pourtant, ferme dans ton devoir,
Tu cherches les débris d'une illustre famille ;
Pleurant le sort d'un Roi, tu retrouves sa fille,
Sa fille, hélas!... son frère et ses braves neveux :
On compte ses amis lorsqu'on est malheureux!
Tu retrouves ton Prince, et ton cœur magnanime
Te range sous les lois d'un pouvoir légitime.
Dans l'aîné des BOURBONS reconnaissant un Roi :
« Recevez, lui dis-tu, mon hommage et ma foi,
» DE PIENNE (4) pour jamais vous consacre sa vie;
» Au crime, à la terreur, si la France asservie
» Rejette de son sein les fils de SAINT-LOUIS,
» De tous ses biens mes yeux ne sont plus éblouis.
» Les orages du sort menacent votre tête?
» DE PIENNE, à vos côtés, doit braver la tempête;
» Il est né pour servir la cause qu'il soutient,
» Disposez de ses jours, son sang vous appartient. »
C'est ainsi qu'en fuyant une terre chérie,
Déplorant les malheurs de ta triste Patrie,
Tu suivis les destins d'un Prince infortuné,
Loin des lieux paternels à gémir condamné.

Sur le sol étranger tu partageais ses peines....

Mais le sang des D'AUMONT circulait dans tes veines!

« Quoi! disais-tu, le monde aura vu mes aïeux

» Poursuivant les périls d'un pas audacieux,

» Mépriser les dangers, la guerre et ses alarmes,

» Sous vingt rois différens faire briller leurs armes;

» Eh! moi, faible héritier du sang de ces héros,

» Je goûterais encore un indigne repos!

» Pourrais-je sans rougir avouer ma naissance!

» Oserais-je citer les traits de leur vaillance?

» Oui, je dois les citer. Imitant les travaux

» Du guerrier qui jadis fit brûler ses vaisseaux,

» Contractant le devoir de périr ou de vaincre;

» Des faits de mes aïeux mon cœur doit se convaincre.»

Alors dans le silence et seul avec ton cœur,

Ouvrant avec respect les fastes de l'honneur,

De leurs hauts faits divers déja tu te pénètres,

Tu vois partout briller le nom de tes ancêtres,

Ta gloire se rattache à marcher sur leurs pas;

Mais dans la nuit des temps tu ne les cherche pas :

Pierre HUTIN (5), le premier, vient parler à ton âme,

Lui qui dans les combats brandissant l'Oriflamme,

Et sur sa tête seule, appelant les dangers,

Présageait le trépas dans les rangs étrangers.

Lui qui servit quinze ans un sage sur le trône (6).

Lui qui, de CHARLES six soutenant la couronne,

Offrit au fier Anglais le plus terrible écueil,

Et fut de son pays et l'amour et l'orgueil.

Citerai-je de JEAN (8) les exploits héroïques?...

La France s'abreuvait de discordes publiques;

De la France en tout temps, hélas! tout l'univers
Admira la grandeur et plaignit les revers!
Après s'être illustré dans les champs d'Italie
Sous DE GUISE, et non loin de l'antique Éolie,
JEAN était de retour sur son sol désolé.
Déjà dans maints combats son sang avait coulé.
Mille traits glorieux attestaient son courage,
Surpris de sa vaillance et lui rendant hommage,
On avait déjà vu l'héritier de HUTIN
Percé d'un fer cruel non loin de Saint-Quentin (9);
Dreux, Jarnac, Moncontour, ces témoins de sa gloire,
Saint-Denis, la Rochelle, illustraient sa mémoire (10).
L'immortel Béarnais, successeur de VALOIS,
A la France troublée offrait ses douces lois:
Jean D'AUMONT des bons Rois vit en lui le modèle;
Le brave Jean D'AUMONT à la France fidèle,
Dans les sentiers de Mars dès long-temps aguerri,
Arbora le premier l'étendard de HENRI.
Cet illustre guerrier, bien digne d'un tel maître,
Soutient de l'innocent fut la terreur du traître;
Sous les murs de Paris il vainquit mille fois (11).
Digne de commander sous le meilleur des Rois,
Dans les plaines d'Ivry HENRI lui dut la vie (12).
Bientôt à son banquet ce Prince le convie:
Ce vaillant roi l'embrasse et dit alors gaîment:
Vous fûtes à ma noce un convive charmant!
Vive Dieu! mon ami, soyez des relevailles (13).
De la table du Prince au milieu des batailles
Il n'était qu'un seul pas; et quittant le festin,
D'AUMONT de la victoire a repris le chemin.

Il suit Mars, et partout le succès l'accompagne;
Il fait trembler Mercœur armé dans la Bretagne;
Laval, Redon, Morlaix et Quimper et Crodoi (14),
Par ses armes soumis se rendent à son Roi;
Mais, à Comper, la mort jalouse de sa gloire,
Termina ses exploits au sein de la victoire.
    Le sang de la valeur n'était point épuisé;
Par les pleurs du Français le destin appaisé,
Conserva dans ANTOINE (15) une immortelle race;
Digne héritier de JEAN il eut sa fière audace :
De LOUIS, jeune encore, en vain les ennemis
Volèrent au-devant de ses pas affermis,
Et Spire à sa colère oppose en vain ses portes :
Elle reçoit bientôt ce brave et ses cohortes.
Plus tard, du grand TURENNE émule valeureux,
En Flandre il partagea ses exploits vigoureux :
Par ANTOINE vaincu sous les murs d'Armentières,
L'ennemi sur ses tours voit flotter nos bannières;
Furnes et Saint-Venox cèdent à ses efforts,
Oudenarde, Courtrai, vingt remparts et leurs forts,
Devant le fier D'AUMONT un instant se défendent,
Épuisent leur courroux; mais en vain, ils se rendent.
Ses ennemis en vain serrent leurs bataillons,
De ces plaines leur sang va rougir les sillons;
Rien ne résiste plus à ce foudre de guerre,
Devancé par la mort, son vaillant cimeterre,
Ouvrant à nos guerriers le chemin de l'honneur,
Suit partout l'étranger : partout il est vainqueur.
    CHARLES (16) vint après lui : CHARLES suivit sa trace.
Signalant son courage aux rives de l'Alsace,

Landau voit son ardeur, là, le plomb meurtrier
Part, et vient terminer les jours de ce guerrier.

Ainsi que ce héros, bientôt LOUIS-MARIE (17)
Servit avec éclat son Prince et sa Patrie :
Sainte-Menehould, Condé, Valenciennes, Stenay,
Lille, Maubeuge et Mons, et Namur et Tournay,
La Flandre, la Hollande et Paris qu'il honore,
De ses faits belliqueux se souviennent encore.

Enfin d'autres D'AUMONT succèdent à ce preux.
L'un (18) est ambassadeur : des services nombreux
Aux bords de la Tamise attestent son génie.
Ce n'est encore assez pour illustrer sa vie :
Des siéges, des combats il tente les hasards ;
L'ennemi dans ses mains laisse ses étendards.
Il servit au conseil et la France et le trône ;
Au milieu des périls la gloire le couronne.
L'autre (19) alliant son nom au nom de Catinat,
Asservit le Brabant et le Palatinat ;
Hocstedt connaît les traits de son ardeur guerrière ;
Le Germain sous ses coups vient mordre la poussière.

AUGUSTE va briller à Kehl, à Philisbourg (20),
En Bohême, à Braunaw, près du Roi vers Fribourg.

GUY, non moins valeureux, des bords de l'Allemagne
Va porter la terreur aux rives de l'Espagne (21).
Tous, vers nos ennemis, ont dû porter l'effroi,
Tous étaient vertueux, tous ont servi leur Roi !
Les fastes de l'honneur brillent de leurs conquêtes.
Tu vas suivre leurs pas. Mais ici tu t'arrêtes.....
Une crainte cruelle éveille tes douleurs :
Donnant un libre cours au torrent de tes pleurs,

De l'Auteur de tes jours (22) tu déplores l'absence,
Long-temps de ses discours la paisible influence,
Instruisant ta jeunesse à l'ombre du bonheur,
En formant ton esprit, avait guidé ton cœur.
Hélas! en gémissant tu comptes ses années!
Si le ciel en courroux tranchait ses destinées.....
Ah! si de le revoir il ne t'est plus permis.....
A ces pensers cruels tu trembles, tu frémis.
Tu voudrais dans tes bras serrer ce tendre père
Et contempler ses traits que ton âme révère,
Jouir de ses conseils. Lui-même a su jadis,
Par sa mâle vigueur et par maints faits hardis,
Vers les murs de Hanovre, en bravant le carnage,
Pour son Roi, son Pays signaler son courage.
Naguères, des bourreaux trompant les coups subtils,
Il protégea Louis au milieu des périls (23).
Chaque trait de sa vie enflamme ton audace;
Fixant avec amour le chemin qu'il te trace,
Tu ne résistes plus à ton noble transport,
Dans les plaines de Mars tu veux braver la mort.
  Ouverts à la valeur, les champs de l'Ibérie
Tremblaient sous les coursiers de Bellone en furie;
L'airain retentissait du haut de ses remparts.
Dans ses vallons poudreux mille escadrons épars
Se disputaient l'honneur d'une noble victoire;
Trésaillant de plaisir aux accens de la gloire,
Tu dois donner l'exemple aux plus braves soldats (24);
Quittant Louis, tu pars, tu voles, tu combats.
Suivant l'essor fougueux de l'ardeur qui te guide,
Toujours loyal, modeste et guerrier intrépide,

Tu fuis de vains honneurs, et cherches les dangers.
Frappant tes ennemis, des regrets passagers
T'offrent en eux les fils d'une terre chérie;
Mais pour servir ton Roi le monde est ta patrie;
Ton Prince a tes sermens, tu ne t'appartiens plus
Et tu dois réprimer des regrets superflus.

    Déjà l'Ibère altier, contemplant tes services,
Fixe d'un œil jaloux tes nobles cicatrices.
De Bastan le vallon arrosé de ton sang
Entre mille héros te voit au premier rang.
Ce sang coulait encore : à tes maux insensible,
Bouillant, impétueux, pour toi-même inflexible,
Tu voles t'exposer à des périls nouveaux,
Tu parais, et ton bras fait pâlir tes rivaux.

    Bientôt la renommée, illustrant ta constance,
Raconte tes exploits aux tyrans de la France.
Cinq directeurs craintifs, justement alarmés,
Poursuivant lâchement de nobles opprimés,
Dirigent contre toi leur fureur despotique.
De leur gouvernement l'indigne politique
Obtient de l'Espagnol qu'il t'éloigne des lieux
Où tu viens de verser un sang trop précieux (25).
Louis seul te restait : ce prince te souhaite,
Et tu viens partager sa modeste retraite.
Mittaw (26) connut les soins d'un fidèle sujet.
Serviteur dévoué, constant, ami discret,
Ton cœur prévient en tout un Prince qu'il honore,
Lorsqu'aux travaux guerriers ce cœur aspire encore.

    Enfin, six ans de soins venaient de s'écouler.
Dans les combats encor tu dois te signaler :

De l'aveu de ton Roi, Gustave à son armée
Enchaînant tes destins, accroît sa renommée.
Long-temps à tes succès la Suède applaudit ;
Sous toi le Scandinave en tous lieux s'enhardit ;
Mais, que dis-je ? la France, en contemplant ses braves,
Revendique ta gloire aux États scandinaves ;
Tes lauriers sont les siens, nous comptons tes succès,
Tu guidais aux combats un régiment français !...
    Au sein du Mecklenbourg, dans la Poméranie,
Sur le Scythe, en Finlande, au golfe de Bothnie,
Partout où vient briller ton fer étincelant
On voit ton ennemi craintif ou chancelant ;
Méprisant sur le faible une indigne victoire,
Tu cherches les dangers et tu trouves la gloire.
    Le calme renaissait dans les plaines de Mars ;
Le farouche guerrier reposait sur ses dards ;
De périlleux honneurs trop long-temps enivrée
La France de ses maux paraissait délivrée ;
Un despotisme affreux semblait être abattu,
Sous le ciel appaisé triomphait la vertu.
Les Bourbons entouraient le trône de leurs pères.
Tandis qu'aux peuples Francs de trompeuses chimères
Présageaient d'heureux jours après tant de malheurs ;
Un reptil vénéneux s'agitait sous les fleurs.
    Un nuage obscurcit le jour qui nous éclaire.
Des peuples et des rois le terrible adversaire
Se présente à nos yeux comme un triomphateur,
Et d'un règne sanglant renouvelle l'horreur.
Louis cédant encore au destin qui l'outrage,
Va chercher loin de nous un port contre l'orage.

Toi-même avec lenteur, et rébelle au danger,
Tu vas chercher la paix sous un ciel étranger.
Partout, des souverains renaissent les alarmes;
La terreur se rallume, et l'on reprend les armes.

    Dans Londres, en ces temps, la fille de nos rois
Pour seconder ses vœux de ton bras a fait choix.
Sur un drapeau tissu d'une main si chérie,
Tu lis ces mots : *le Roi, l'Honneur et la Patrie.*
Ces mots: *Marie-Thérèse aux braves Neustriens*(27).
C'en est assez, tu pars. D'intrépides soutiens
Ont brigué la faveur de marcher à ta suite;
Certains de triompher sous a noble conduite,
Ils abordent déjà les rocs de Guernesey;
Tu contemples ces preux et tu quittes Jersey.

    Aromanche, d'abord, se présente à ta vue.
Du rivage à ta nef parcourant l'étendue,
Les foudres de ce fort frappaient tes matelots.
Ainsi que Saint-Louis tu veux braver les flots :
Contre leur élément essayant ton courage,
On te voit devancer ta chaloupe au rivage.
Bientôt treize des tiens te suivent vers le fort;
Sa défense à ton bras oppose un vain effort,
Il se rend, et déjà tu combats dans la plaine;
Sans t'arrêter, toujours soldat et capitaine,
Tu poursuis le chemin que te prescrit l'honneur,
Et Bayeux te reçoit comme un libérateur.

    Vers Livry, dans ton camp, l'habitant des campagnes
Suit l'étendard des lys puisque tu l'accompagnes.
L'espoir dans tous les cœurs a remplacé l'effroi;
Tous jurent de périr ou de vaincre avec toi.

Enfin du Calvados l'heureuse capitale
Accueille avec transport ta marche triomphale.

Après des jours de gloire et de deuil! les Français,
Déplorant leurs erreurs, jouissent de la paix.
C'est après vingt-cinq ans de travaux et de peines
Qu'au sein de tes foyers le destin te ramène.

Tout est changé pour toi du jour de tes adieux;
Mais ton cœur enivré chérit encor ces lieux,
Ces lieux témoins touchans des jeux de ton jeune âge.
Tu n'y retrouves plus cet antique héritage
Où tes jours s'écoulaient; il ne reste rien;
Rien, hélas! *fors l'honneur;* l'honneur est ton seul bien.

Cependant chaque jour sensible à la disgrace
De tant d'infortunés qui poursuivent ta trace,
On te voit implorer jusqu'à l'orgueil des Cours,
Pour tendre à leur misère un généreux secours;
Si ce n'est point en vain que ta bouche supplie,
Tu cours aux malheureux que le sort humilie,
Fier de pouvoir offrir un terme à leurs douleurs;
Ta main avec transport vient essuyer leurs pleurs,
Et bénissant le ciel du bonheur qu'il t'envoie,
Ton cœur s'épanouit aux accens de leur joie.

La constante amitié, pour charmer les mortels,
Dans ce cœur à jamais conserve ses autels.

Vertueux par penchant, noble par caractère,
Indulgent pour chacun, pour toi toujours sévère,
Pardonnant à l'erreur, aimant la vérité,
Tu fais aimer ta gloire et chérir ta bonté.

Daigne donc recevoir le plus sincère hommage.
L'homme juste, ici-bas, du Très-Haut est l'image;

Il doit avoir son culte, et de sages tributs
Honorent Dieu lui-même en s'offrant aux vertus,

Pauvres que soulagea le héros que je chante,
Unissez-vous à moi; que votre voix touchante
Porte en ses sens l'oubli de mes faibles accords.
O nymphes de la Seine, accourez sur ces bords!
Quittez pour un instant vos demeures profondes,
Laissez couler les flots de vos urnes fécondes,
Mais répétez en chœur, dans cet heureux séjour,
Les nobles chants de guerre et les doux chants d'amour,
Flore! quitte soudain Zéphir qui te caresse,
Pare de tes tributs ceux de notre tendresse,
Oui, de toutes les fleurs qui dans ce jour naîtront,
Fais hommage à Louis et couronne son front.

Et vous, nombreux amis de ce nouveau Mécène,
Que la reconnaissance en ce lieu vous amène:
En célébrant Louis, honneur de nos guerriers,
Aux myrtes de l'amour unissez des lauriers.

FIN.

NOTES HISTORIQUES.

(1) D'Aumont de Rochebaron (Louis-Marie-Céleste, duc) entra d'abord au service, en qualité de sous-lieutenant, dans le régiment du Roi-Infanterie; devint ensuite capitaine dans celui de Dauphin-Dragon; demanda, en 1778, à faire partie, comme sous-lieutenant, du régiment de Navarre-Infanterie, afin de servir activement dans une expédition destinée contre l'Angleterre. Ayant repris ensuite son grade de capitaine dans Dauphin, il fut successivement nommé premier gentil-homme de la chambre du Roi, colonel des troupes boulonaises, gouverneur de la ville d'Étaples, duc de Pienne et colonel en second de Durfort-Dragons qui prit bientôt le titre de chasseurs de franche comté.

En 1791, le 28 février, se trouvant aux Tuileries pour y soutenir la cause royale, il y fut blessé de deux coups de baïonnettes.

(3) 1792, à l'armée des princes.

(4) Nom que porta le duc d'Aumont jusqu'en avril 1814, époque de la mort de Monseigneur le duc son père.

(5) D'Aumont (Pierre II), surnommé *le Hutin*, porte-oriflamme de France sous Charles V, et sous Charles VI dont il fut premier chambellan; il servit 40 ans avec distinction.

(6) Charles V dit le sage.

(7) Charles VI fut dans un état de démence pendant trente ans, et ne dut la conservation de ses états qu'à la sagesse et à la valeur de ses premiers sujets.

(8) D'Aumont (Jean VI) comte de Châteauroux, maréchal de France, servait en Italie sous le duc de Guise, en 1556; se trouva à la bataille de *Saint-Quentin* le 10 août 1557; fut blessé à *Dreux* en 1562; combattit à Saint-Denis, à Jarnac, à Moncontour, fut blessé à la première et à la dernière de ces batailles en 1569, et fit le siége de la Rochelle. Après avoir donné mille

preuves de sa fidélité et de son dévouement à Henri III, spécialement à la journée des Barricades, en 1588, il fut aussi le premier maréchal de France qui reconnut Henri IV pour Roi, après la mort de Valois.

(9) Voyez la note précédente.

(10) *Idem.*

(11) Au siége de la Capitale, il enleva d'assaut les faubourgs Saint-Jacques et Saint-Michel (il fut gouverneur de Paris).

(12) Il contribua puissamment au gain de la bataille d'Ivry. Henri IV entraîné par trop d'ardeur à la poursuite des fuyards se vit bientôt enveloppé par eux et dans le plus grand danger, d'Aumont se présente, fond sur l'ennemi et dégage son Roi.

(13) Je regrette de n'avoir pu employer les expressions dont se servit Henri, qui sont celles-ci : *Puisque vous m'avez si bien servi à mes noces, il est juste que vous soyez des relevailles.*

(14) Ce dernier fort, qui paraissait inexpugnable, fut pris d'assaut par le duc d'Aumont lorsqu'il commandait l'armée de Bretagne, et peu de temps avant qu'il ne s'emparât de Moncontour en 1795.   .

(15) Louis XIV obtint les plus grands secours de l'expérience et de la valeur du maréchal d'Aumont (Antoine), qui avait déjà, long-temps avant, fait ses preuves sous Louis XIII. Ce maréchal fut blessé à Montauban, au combat de l'île de Ré, se trouva au siége de la Rochelle, prit d'assaut le pas de Suze, le 16 mars 1639; passa à la nage la rivière de Colme en présence de l'armée ennemie qui se retira; prit Courtray, Mordick, Furnes, Dunkerque; fit le siége de Condé. Plus tard, commandant l'armée de Flandre, il s'empare de nouveau de Bruges, de Furnes, d'Armentières, de Courtray, d'Oudenarde, etc. Il fut aussi gouverneur de Paris.

(16) d'Aumont (Charles-Louis) lieutenant-général, gouverneur du Poitou, fut blessé à la prise de Landau et mourut le 5 octobre 1644.

(17) d'Aumont (Louis-Marie), duc, pair de France, gouverneur du Boulonnais, s'illustra au siége de Sainte-Menhould

de Stenay, à Landrecies , à Condé , au combat de Valenciennes en 1656 ; fit de même les siéges de Tournay et de Lille , les campagnes de Flandre et de Hollande en 1672 et 1673; combattit vaillamment sous les murs de Namur et de Mons, etc.

(18) D'Aumont (Louis, duc), maréchal de camp, ambassadeur en Angleterre, combattit à Courtray, à Luxembourg, et fit les campagnes d'Allemagne. A la bataille de Nerwinde, en 1693, il prit le drapeau-colonel des gardes écossaises, 5 étendards et 6 paires de timballes; fut blessé au bombardement de Bruxelles, et de nouveau sur le Mechaigne, en 1695; gouverneur de Boulogne et ambassadeur en 1713.

(19) D'Aumont (Louis-François), duc d'Humières, lieutenant-général, gouverneur de Compiègne ; combattit au siége de Philisbourg, en 1689; à Fleurus, au siége de Mons, à Nerwinde, à Ath; en Allemagne, sous Catinat; à Landau, à Spire en 1703 ; à la bataille d'Hochstedt en 1704, etc.

(20) D'Aumont (Louis - Marie - Auguste , duc) , lieutenant général, pair de France, commandait au siége de Kehl en 1752, à Philisbourg en 1734, à l'armée du Rhin en 1735; se distingua en Bohême, s'illustra à Braunaw; assiégea Menin, Ypres, Furnes; suivit le roi au siége de Fribourg, combattit à Fontenoy , à Lawfeld, au siége de Berg-op-Zoom, fut gouverneur de Compiègne, etc.

(21) D'Aumont (Louis-Guy-Marie , duc de Mazarin et duc), fit la campagne de 1757, se fit remarquer à la bataille de Trekemberg, à la prise de Minden et d'Hanovre; colonel du régiment d'Aumont en 1758 ; commanda à la retraite du Hanovre, à la bataille de Crevelt et aux affaires de Wurtzbourg ou il se distingua; fit ensuite la guerre en Espagne en 1762 , et fut fait lieutenant-général après s'être couvert de gloire près d'Almeyda.

(22) D'Aumont (Louis-Alexandre-Céleste , duc de Villequier et duc), pair de France, lieutenant-général , gouverneur du Boulonnais, premier gentilhomme de la chambre du roi, se distingua par maints faits glorieux dans les campagnes du Hanovre;

fut député de la noblesse aux Etats-généraux en 1789, et s'y fit remarquer par sa franchise et la pureté de ses principes; il favorisa
l'évasion de Louis XVI du château des Tuileries ; se trouva dans
ce même château, le 28 février 1791, avec toutes les personnes
affectionnées au roi; émigra en Allemagne et y resta jusqu'à
l'époque de la restauration en 1814. A son retour il refusa toute
espèce d'emploi, ne voulut plus siéger à la chambre des pairs
et mourut à Villequier-Aumont dans le mois d'avril de cette même
année.

(23) Voyez la note précédente.

(24) Le duc D'AUMONT servit d'abord comme simple volontaire
dans la Légion royale des Pyrénées, en 1793; fut fait capitaine
sur le champ de bataille peu de temps après; blessé d'un coup
de feu au visage à l'affaire d'Yargenzu, dans la vallée de Bastan,
il n'attendit pas la guérison de sa blessure pour retourner au
combat, et de nouveaux traits de valeur lui obtinrent bientôt
le grade de colonel de sa Légion, et ensuite de celle de *Los
volontarios d'Espana.*

(25) D'après la demande du Directoire de France, le duc
D'AUMONT fut contraint de quitter l'Espagne en 1797.

(26) Après son départ d'Espagne, le duc D'AUMONT se rendit
auprès de S. M. Louis XVIII à Mittaw, en Courlande ; accompagna
la reine, par ordre du Roi, dans ses voyages d'Allemagne.
Nommé maréchal de camp en 1800, il rejoignit S. M. à Varsovie,
la suivit en Suède et en Russie. Chargé d'une mission auprès du
roi de Suède Gustave IV, de l'agrément de son Roi, il entra au
service de S. M. Suédoise dont il commanda les troupes et le
quartier-général dans le Mecklembourg ; fit cette campagne en
1805, celles de 1806 en Poméranie, de 1807 et 1808 contre
les Russes dans l'île d'Aland; il avait alors sous ses ordres un
régiment composé de Français, portant la cocarde blanche.

(27) Historique.

Malgré la faute apparente de ce vers, je n'ai pu me défendre
d'écrire ces mêmes paroles qui consacraient l'expédition.

FIN.

www.ingramcontent.com/pod-product-compliance
Lightning Source LLC
Chambersburg PA
CBHW070911200626
46818CB00006BA/2470